U0063740

成長大踏步4

教爺爺學行路

新雅文化事業有限公司
www.sunya.com.hk

目錄

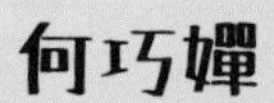

兒童文學為孩子而寫，具有頌揚生命、追求光明、活潑、生動、有趣的特質。文學亦離不開生活，孩子的生活故事是兒童文學的一個重要組成部分。基於這個信念，我在這裏為初小同學擬寫了四個培養價值觀和態度的生活故事。希望透過生活化的故事，讓孩子從熟悉的情境中，引發共鳴，作出理性分析和判斷，體驗如何克服各種局限。

四個故事雖然各有自己獨特的故事和重點，卻都與孩子的日常生活經歷結連在一起：花名小黑的男生雖然個子高大，卻原來是一位十分怕黑的孩子，幾乎錯過了一項所有同學都雀躍萬分的活動（《小黑怕大黑》）；「大頭蝦」的孩子經常遺失物品，令家長十分煩惱，於是請來了兩隻龜老師，竟然有所突破（《這個大頭蝦》）；原本是獨生子，妹妹的誕生，產生了角色危機，引發一場離家出走的風暴（《這裏誰最大》）；一直與祖父母生活的小女孩，因為爺爺突然中風而成為了爺爺學行的小導師（《教爺爺學行路》）。

孩子的生活故事也許沒有曲折離奇的情節，但小眼睛看大世界，真實面對自己，平凡的生活中滿有生趣和智慧。希望大讀者和小讀者都喜歡這四個故事。

1 「雞脾餐」？「雞肋餐」？

中午十二時至十二時四十五分是明智小學午膳的時間，午膳供應商的服務人員派餐盒到各個課室去。三年級A班的同學雀躍起來了，依照當值的林老師吩咐，排隊到餐車前拿取自己的飯盒。雖然健康午膳飯盒，瓜菜總是因為悶在盒內而變得微黃，肉也經常煮得太熟而變得有點粗硬，但是經過一個上午的學習，所有同學都飢腸轆轆了，誰還會介意呢？

「老師請用餐，同學請用餐！」按學校的規定，同學們揚聲作一個飯前的招呼，準備用餐了。

這時候，班主任張老師出現在課室門口，輕輕地敲門向林老師打招呼：「林老師，今天我想請班長

陳希晴和我一起吃午飯。」

林老師微笑點頭，示意希晴收拾飯盒跟張老師出去。

「噢？」、「雞脾午餐？」、「雞肋午餐？」……同學都在竊竊私語，八卦一番。

雞髀午餐

在什麼情況下張老師會請同學一起午餐？三年級 A 班有自己的秘密語：

當同學有特別出色的表現，例如：音樂比賽得獎、連續三次默書 100 分……等等，班主任張老師都會特別安排同學和她共進午餐作為獎勵，而且還會特別準備一些同學喜歡吃的食物加餸，有時甚至會外賣薄餅、炸雞、炸薯條等。同學覺得吃「雞髀午餐」是十分有體面的事啊！

可是，如果是「雞髀午餐」的話，老師一定會事前表揚一番的。今天可沒有呀！

當同學有什麼特別的劣行，例如：在課堂上搗蛋、欠交功課……張老師也會利用午膳的時間帶同學到教員室去輔導一番，聽完老師的訓示才准吃飯，最美味的佳餚也變成棄之可惜的雞肋，**難吃！十分難吃！**

可是，班長陳希晴一直是老

師最鍾愛的好學生，有些女同學經常酸溜溜說：「希晴是張老師的『乾女兒』，張老師怎會請他吃『雞肋午餐』呢？」

看着張老師輕搭希晴的肩膀離開課室，「說不定是工作午餐。」小靈精黃曉怡得出這樣的結論。畢竟，班長是老師的好助手。

2 欠交功課名單

班長，一班之長，是老師的小代表、好助手。轉堂時，老師不在課室，班長需要協助維持秩序，每天還要為老師核對同學是否交齊功課，班長的工作不容易呀！以身作則的道理，老師是最清楚的，因此都會選擇一些品學兼優，從不欠交功課的同學。對於班長而言，能被老師委以查簿的職責是無上光榮的。因此，不明文規例，在校內擔當班長的同學都不會欠交功課。

午膳前，教員室裏，張老師坐在書桌前，雙手托着腮有點發愁，叫她感到惆悵的不是桌子上堆積如山的學生習作，而是班長陳希晴交來的一張欠交功課名單。這個星期陳希晴已經是第二次欠交功課了。她誠誠實實地把自己的名字——「陳希晴」寫在名單上。

星期二陳希晴欠交英文測驗改正，因為她需要騰正的地方不多，張老師就讓她在小息的時候補做了。今天是星期五，陳希晴欠交的是中文作文。

相信聰明的你一定已經猜得到了，今天張老師請陳希晴吃的不是「雞脾午餐」。

3 究竟發生了什麼事？

現在張老師把希晴帶到輔導室，將自己和希晴的飯盒都擱在桌子上，雙手交疊在胸前，納悶地問：

「希晴，你這個星期已經兩次欠交功課了！為什麼呢？」

「我……我……我……」希晴低垂着頭，輕聲回答：「我沒有時間做。」

「什麼？」沒有時間也可以成為學生不做功課的理由？

張老師被希晴的回答弄得啼笑皆非，想起自己一會兒可能連午飯都沒有時間吃，要空着肚子連上三節課，她不禁搖搖頭沒好氣地說：

「放學無時間做功課，那麼你今天留堂補做作文好了。」

「不可以呀，張老師，我不可以留堂的。」希晴霍地站了起來，焦急地拉着張老師的手。

張老師輕輕拍一拍希晴的肩膊：

「坐下，慢慢說。希晴，究竟發生了什麼事？」

希晴眨一眨大眼睛，晶瑩的眼淚掉了下來：

「放學我要去醫院，教爺爺學行路！」

「噢！」張老師輕拍一下自己的頭，怪不得這一個月不見希晴的爺爺接她放學。

希晴的爸爸媽媽在國內工作，希晴從小就跟爺爺嫲嫲一起居住。爺爺每天都親自接送希晴上下課。這位身材健碩的老人家總是滿面微笑，有禮地向張老師打招呼問好。

「希晴，不要緊，一邊吃一邊說。爺爺怎樣了？」張老師給希晴遞上一張紙巾，為她打開飯盒。

明智小

4 一個不尋常的早上

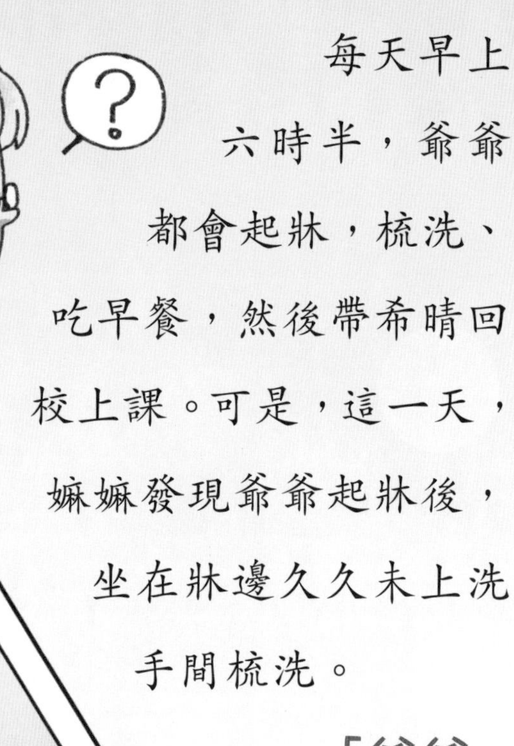

每天早上六時半，爺爺都會起牀，梳洗、吃早餐，然後帶希晴回校上課。可是，這一天，嫲嫲發現爺爺起牀後，坐在牀邊久久未上洗手間梳洗。

「爺爺，爺爺你怎樣

了？」打從小孫女出世後，他夫婦倆也快樂地「升級」了，愛以「爺爺」、「嫲嫲」互相稱呼。

嫲嫲一邊在飯廳裏準備早餐，一邊催促：「希晴快要上學啦！」

「不知為什麼，今早我的右手右腳覺得沉沉重重的，不太聽使喚似的。」牀邊的爺爺甩甩右手、皺

皺眉頭回答。

「哦？」嫲嫲想起爺爺前兩天患了輕微的感冒，可能影響了體能：「不如你今天就在家休息，不要送希晴了，反正她也曉得自己上學的。」

「不、不、不。」五年前退休之後，照顧希晴和兩隻紅嘴相思鳥是爺爺一天裏最重要的事情，「我再休息一下應該沒事的。」

爺爺躺回牀上再休息了一會兒，右邊身的不適果然消失了，一切恢復正常。

嫲嫲已經準備好了希晴最喜歡吃的瘦肉粥和腸粉作早餐，希晴拍手叫好。

希晴用筷子將腸粉夾到爺爺的碟子裏，「希晴真乖！」爺爺微笑說。

這個小孫女聽教聽話，功課和成績都好，從來不用他們操心，更是爺爺的好助手，怎教爺爺不疼惜在心呢！爺爺摸摸希晴頭上的長馬尾辮子提醒：

「小心粥太熱，會燙口的。」

「知道，爺爺。」希晴點點頭。

今天天氣晴朗，爺爺指着掛在露台上的鳥籠對希晴說：

「希晴，太陽好溫暖，吃完早餐我們為相相和思思換水加食物，讓他們可以洗個澡，吃得飽飽，再飛出外去玩耍。」

相相和思思是鳥籠裏兩隻紅嘴相思鳥的名字，兩隻小鳥彷彿明白爺爺的意思，拍着翅膀，「吱吱喳喳」的鳴唱起來。

5 相相和思思

讓籠裏的小鳥往外飛？

牠們還會回來嗎？

會的。爺爺喜歡自由，他不會讓心愛的鳥兒，囚困在小小的鳥籠裏。他一直放養相相和思思。

放養是愛鳥之人的一種飼養小鳥的方式，鳥兒從小被訓練到記得自己的住處，懂得

辨認主人的

聲音，白天

主人會把鳥

籠門打開，讓鳥

兒自由往外飛翔遊玩。

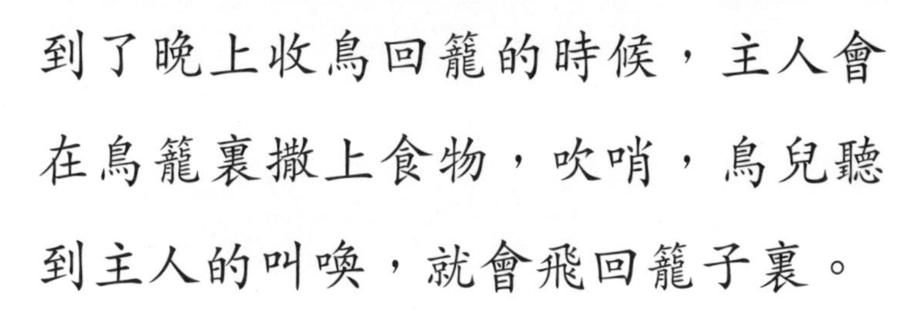

到了晚上收鳥回籠的時候，主人會在鳥籠裏撒上食物，吹哨，鳥兒聽到主人的叫喚，就會飛回籠子裏。

希晴打開鳥籠清潔一番，爺爺在鳥籠裏放上新鮮的蘋果和清水，相相和思思跳到他們的手掌上、肩膀上，非常歡喜，吱吱地唱起歌來！如果聽懂動物的語言，你就會知道牠們在唱：

「蘋果香，清水甜，謝謝爺爺，謝謝姐姐。」

爺爺欣賞着相相和思思拍着翅膀，在窗外的藍天追逐飛翔。他忽然若有所思地對希晴說：

「你看，相相和思思自由自在，多麼快樂！關在籠裏的鳥兒，食物可以養胖身體，心靈卻是空虛貧乏的。」

雖然希晴有點不明白，但是她還是認真地點頭，爺爺是她的偶像，爺爺說的話，總是對的。

「相相和思思再見啦！」要出門上學了，希晴抬頭向天空上的相相和思思揮手。

「我陪姐姐上學啦，你們不要飛遠呀！」爺爺也揚聲吩咐。

6 大手牽小手

從家裏到希晴的學校約需要步行十多分鐘，路途並不遠。本來希晴完全可以自己上下課的，但是爺爺堅持要接送。除了因為要經過紅綠燈，橫跨兩條大馬路，爺爺有點不放心外，靜靜告訴你，其實爺爺很享受接送希晴的。

每天爺爺背着希晴彩虹顏色的大書包，踏着闊大的腳步昂首前行，希晴像個活潑的小兵，一蹦一

跳地緊隨在側，一大一小十分神氣。

兩爺孫一邊走，一邊談笑，希晴會向爺爺報告學校發生的大小事情，爺爺也會認真地品評回應。在希晴默書、測驗的緊張日子裏，爺爺還會幫希晴作最後衝刺，一邊走，一邊温習、背書、串讀英文生字、解答數學題，**爺爺樣樣都懂**，

真是太厲害了！

　　橫過馬路的時候，爺爺粗壯的大手緊握着希晴軟軟綿綿的小手，溫暖在大手、小手中傳遞。十多分鐘的路程總是一轉眼就到了。

7 今天的書包特別重

今天希晴的書包為什麼變得特別重似的？爺爺背得有點吃力，起牀時右邊身體那一種重重沉沉的感覺又回來了，爺爺的腳步有點拖拉、緩慢起來了。

「爺爺你不舒服嗎？讓我背回自己的書包吧！」希晴不再蹦跳，停了下來望着爺爺發白的臉説：「自己的書包自己背，張老師也是這樣吩咐的。」

「今天你的書包怎麼像石頭一樣。」爺爺停了下來，真的要歇一歇了。

希晴二話不說自己把書包背了起來。

「個子小小，書包大大，重得要命！唉！真不像話。」爺爺用手背抹一抹額頭上冒出的汗珠，發牢騷。

爺爺除了不滿學校要小孩子背這樣重的大書包外，更不滿意的是自己今天的表現。他心裏嘰咕：

「唏，這條短短十分鐘的路程，本來是再熟悉不過的，今天為什麼走得這麼吃力？再這樣慢吞吞地走下去，希晴可要遲到了。」

「希晴，兩條大馬路已經過完了，今天你自己回校吧！」爺爺建議。

怎可以讓小孫女知道自己體力不繼呢？太丟臉了！真不像話！

爺爺支支吾吾，找出一個理由來：「爺爺……爺爺要買一點東西回家。」

爺爺……爺爺要買一點東西回家。

　　希晴揮揮手，背着大書包向着學校的方向急步走去，學校上課的鐘聲快要打響了，班長是不應該遲到的。

8 情況不妙

爺爺坐在路旁紅色的消防龍頭座上，目送希晴走遠了，心裏盤算：還是快點回家，看看情況如何，也許要看醫生了。

「唉！年紀大機器壞，無辦法！」爺爺從消防座緩緩站起來，扶着牆邊慢慢地往回家的方向走。可是，才走了幾步，爺爺就發覺自己一拐一拐的，身體總是向右邊傾側，步履越來越困難。

情況不妙！

爺爺從口袋裏拿出手提電話，撥號給嫲嫲，電話打通了，另一端傳來嫲嫲的聲音：

「喂，爺爺……」

爺爺感覺自己要説的話都在口

邊打轉，卻發不出清晰的話語來。莫名的恐懼從心中冒起，一陣冰冷擴散整個身體，爺爺眼前一黑，倒在行人路上，摔在地上的手提電話傳來嫲嫲的呼喊：

喂、喂、喂……

爺爺、爺爺你怎樣了？你怎樣了……

路過的一對年輕人停了下來，女孩子蹲在爺爺的身旁，搖動他的肩膀，同樣在問：

「老伯伯，你怎樣了？」他的朋友立即撥打了緊急救援電話。

十分鐘之後，救護車閃亮着旋轉的救援燈，「依嗚……依嗚……」的來到了。

9 爺爺患上了……

希晴晚上來到醫院，驚訝地發現今天早上還是精神奕奕的爺爺，現在躺在病牀上雙眼緊閉，沉沉大睡。

爺爺的臉上、手上都插滿了管子，牀邊布滿不同的儀器，滴滴答答地運作，顯示屏上紅色藍色的橫

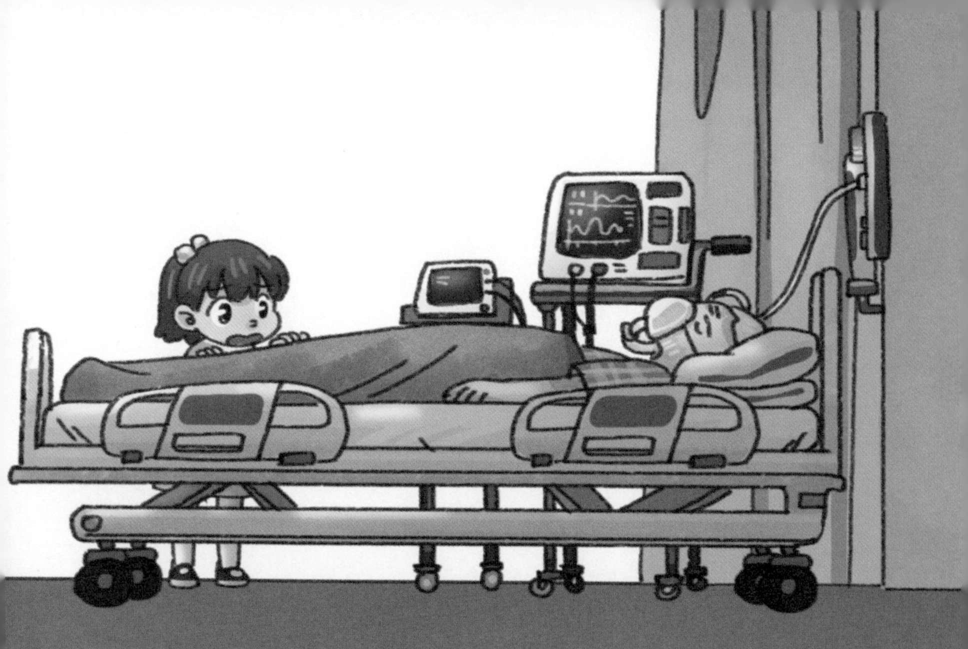

線，上上落落，不停地跳動。

爸爸媽媽下午已經從國內趕回來，陪伴着滿面憂傷的嫲嫲。主診醫生進病房來了，媽媽輕輕撫摸希晴的頭，柔柔地說：

「希晴乖，你在牀邊陪伴爺爺，我們要跟醫生談談。」

希晴點點頭，小心翼翼握着爺爺插了輸液管的手，這一雙大手今天早上還是那麼粗壯有力，現在為什麼變得浮腫軟弱？今早還是溫溫暖暖，現在卻是冰冰涼涼！

大人們和醫生在病房的一角討論病情，他們的説話斷斷續續，希晴還是聽得清楚：

「老伯伯患上的是急性中風①。」

「噢！怎麼辦好呢？怎麼辦好呢？」爸爸媽媽攙扶着痛哭的嫲嫲。

希晴輕咬下唇，眨眨大眼睛，努力阻止淚水不要掉下來，滴在爺爺手背上。

---

① 中風常出現在65歲或以上的人士身上，男性發病率高於女性。在香港十大死亡疾病中排行第四。因為腦部的積血破壞神經，病者會出現偏癱、肢體麻木、失語、四肢不靈等殘障症狀，需要接受長期的復健治療才能改善後遺症。

「病人現在的情況已經穩定了。」醫生繼續說：

「病人甦醒後的第一個月很重要，要進行復康治療，希望可以恢復正常的活動能力，家人的支持很重要呀。」

「老伯伯，加油呀！」醫生離開病房前對爺爺說，未知昏沉大睡的爺爺是否聽得見，希晴卻是聽得清楚，使勁地點頭。

接着的這一個月，希晴一放學就往醫院裏跑，協助嫲嫲照顧爺爺，為爺爺為打氣！

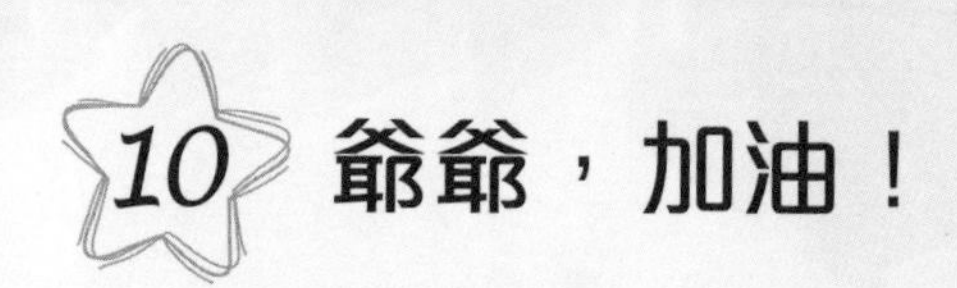

10 爺爺，加油！

爺爺，加油，加油，加油呀！

你要聽希晴報告學校發生的大事小事……

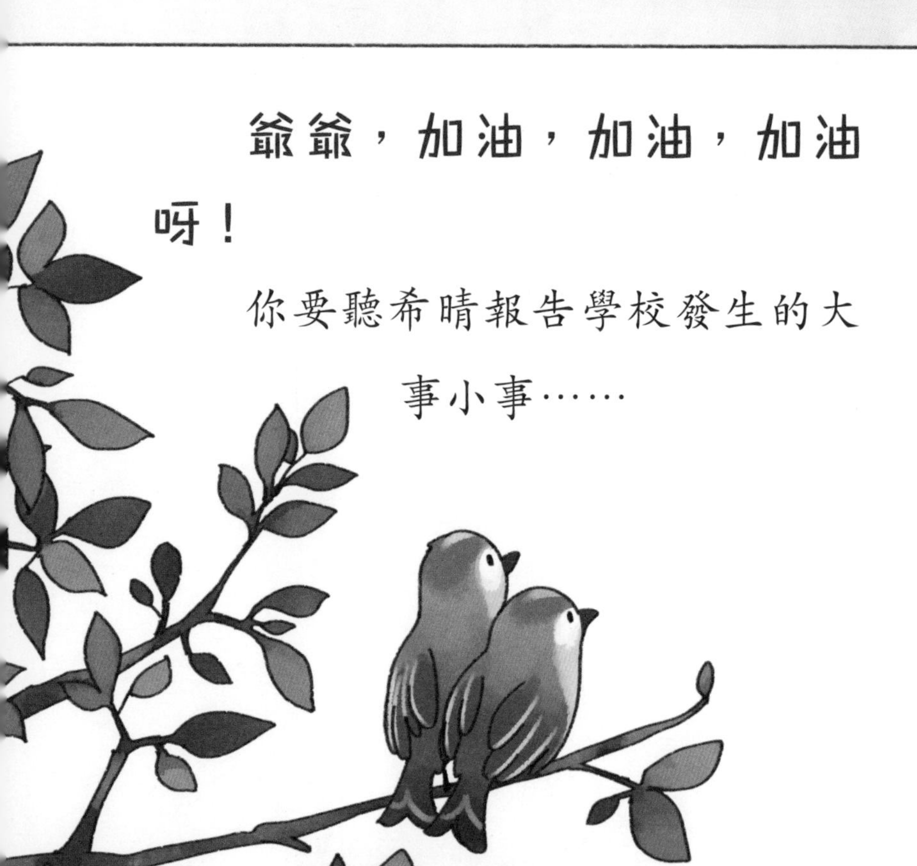

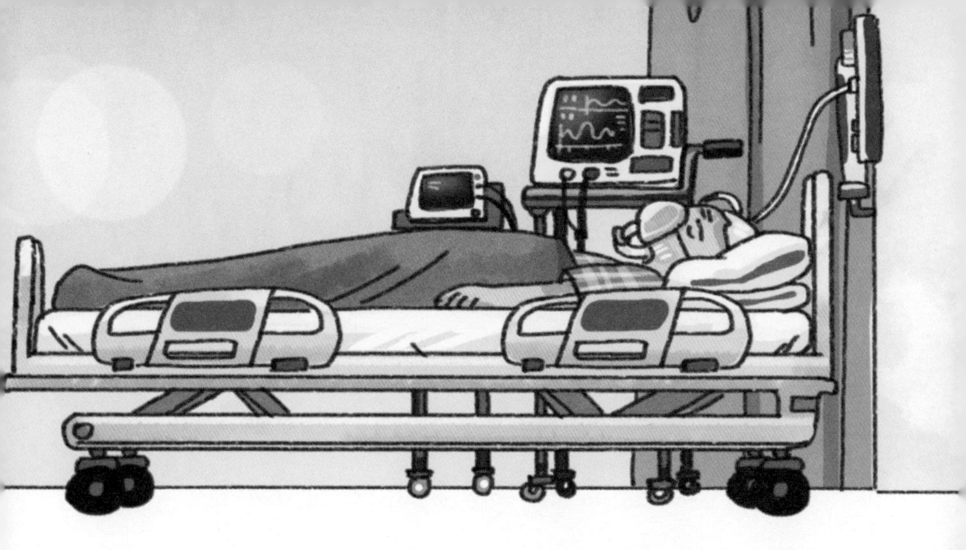

你要和希晴一起神氣踏步，走遍大街小巷……

爺爺，加油，加油，加油呀！

你要聽相相和思思吱吱喳喳地唱歌……

你要看相相和思思快快樂樂地展翅飛翔……

11 希望的亮光

輔導室內，張老師默默地聽希晴講述過去一個月發生的事情，她的心隱隱作痛，為爺爺的病情難過，也為自己不能及早發現希晴的處境，加以援手，感到陣陣歉意。

「爺爺的情況一定叫你們十分擔心了。**希晴，你真是一個勇敢的孩子！**」張老師對希晴豎起大拇指。

「張老師，爺爺好厲害呀！」聽見張老師的稱讚，希晴雀躍起來了。

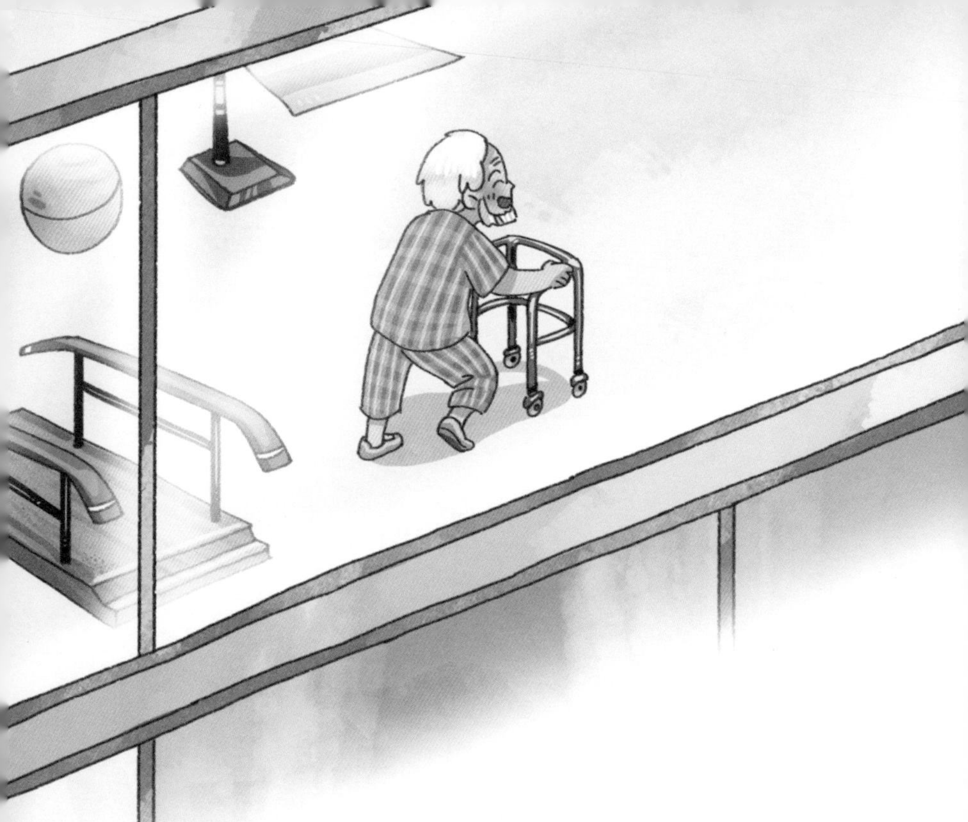

「爺爺現在已經甦醒了，而且還開始吃飯，開始説話，雖然有時候嘰嘰咕咕的叫人聽不明白，但是言語治療師説爺爺努力訓練，會越説越清楚的。」

希晴的眼睛閃耀着希望的亮光，要和張老師分享一個好消息：

「這個星期，爺爺開始學行路了。醫生說，爺爺如果能夠自己步行，就可以出院了。」

「爺爺的右腳抬不起來，身子總是向右邊倒下去，跌跌撞撞，好痛、好辛苦。所以爺爺有時候不願意練習步行。」希晴聳聳膊頭，有點無奈。

「物理治療師邀請我做小助教，教爺爺學行路。嫲嫲説爺爺看見我，就會起勁地練習。」

説到這裏，希晴低下頭：

「張老師，對不起，我欠交功課了。」

她搖搖張老師的手央求：

「張老師，不要罰我留堂，我放學後，要到醫院去教爺爺學行路。」

「希晴，好孩子！」張老師擁抱一臉歉疚的希晴說：「你現在做的是一份比作文更艱深的功課，了不起啊！」

12 相相思思的歌

下午四時，康復治療室裏，爺爺雙手緊握學行架，在治療師的陪伴指導下，重新學習舉腳、踏步……

希晴輕輕推門進來，把書包擱在牆邊，走到爺爺的前面，張開雙手，朗聲唱着復健口訣：

「先左腳，再右腳，
一步、一步、再一步，
不急、不急、慢慢走。

先左腳，再右腳，

一步、一步、再一步，

一步踏穩了，再踏第二步！」

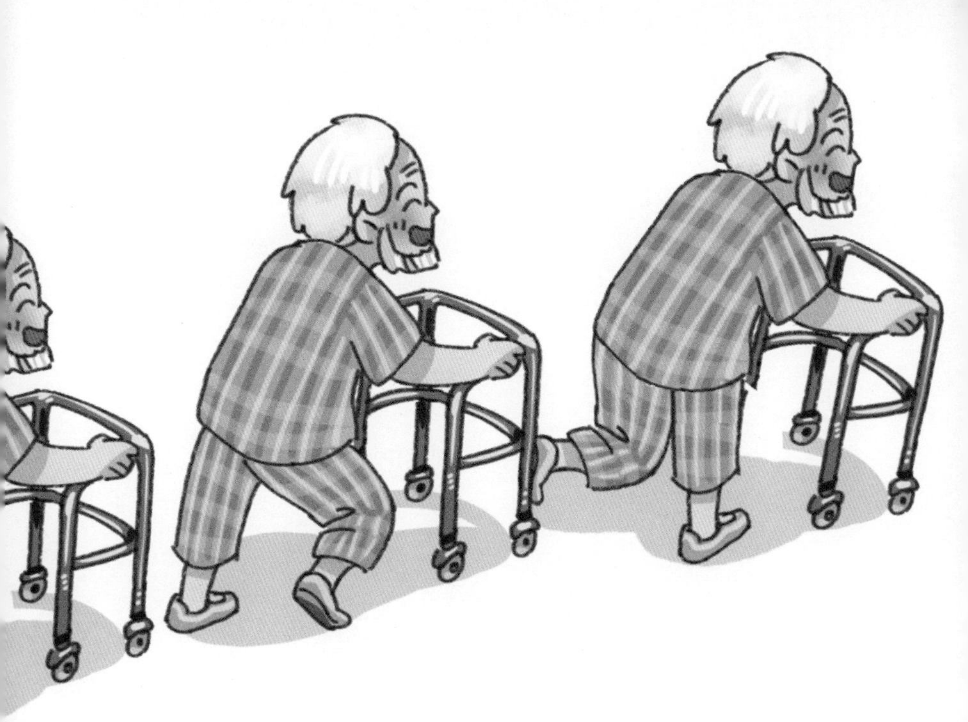

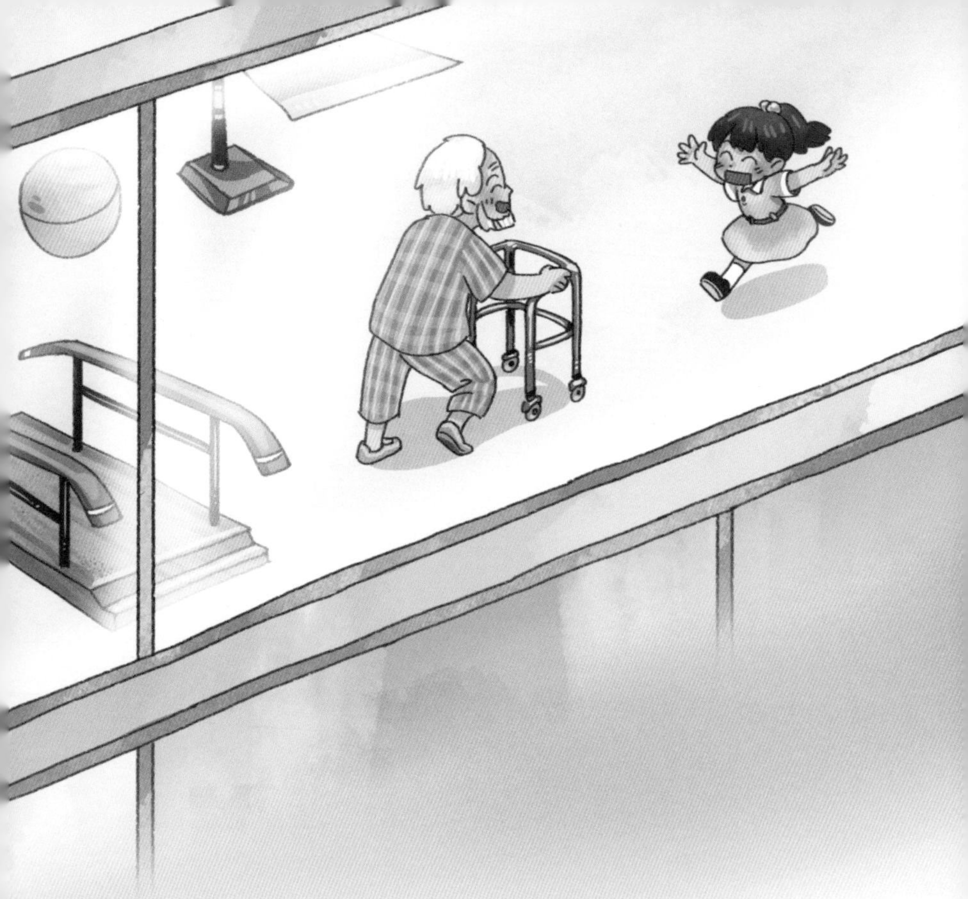

爺爺笑了，他使勁推動學行架，跟隨希晴的節拍，慢慢挪開腳步：

一步、一步、再一步……

夏日的黃昏，陽光依然燦爛，透過復康室透明的落地玻璃窗，天上的彩霞清晰可見，彩霞之下，幾隻小鳥，展翅飛翔。你看見相相和思思也在其中嗎？

牠們吱吱地唱着：

「鳥籠困不住嚮往自由的心，

困難攔阻不了堅強的腳步……」

給家長和老師的話

何巧嬋

在現今科技發達的社會裏，孩子比他們的父祖輩更容易獲得知識，但孩子遇到的挑戰也比上一代更為激烈。因此，培育孩子正確的價值觀和態度，才是最重要的。可是，品德情意教育不像語文、數學和自然科學等科目，有具體的內容。怎樣將看似虛空，卻又重要的品德教育變得具體化呢？

香港教育局在 2008 年定立了小學階段德育及公民教育課程架構，列出了如下七個主要的內容：

一、堅毅

一顆堅毅的心，能幫助孩子面對壓力、困難和挫折，將失敗和跌倒轉化為成長的養分。

二、尊重他人

小朋友要學習看別人和自己同等重要，接納別人和自己不同之處，學會尊重和包容。

三、責任感

孩子需要肩負起自己力所能當的責任，從獨立自助開始，擴展至關心他人，幫助他人。

四、國民身分認同

正確的身分認同，對家庭、學校、社會、國家等建立歸屬感和認同感，正是自我肯定、建立自信和責任感的基礎。

五、承擔精神

勇於承認錯誤，從過失中，重新站立起來，積極改善，就是承擔精神的表現。

六、誠信

對自己答應的事情應全力以赴，信守諾言，言行一致。

七、關愛

關愛是一種推己及人的情懷，這一份情懷從更廣闊的角度來說，不但是及人，更可以及眾生（愛護動物），及物（節約能源，保護環境）。

品德情意的建立不是一日可成、一蹴即就的事，無論是成人或小孩品德情意的建立和累積，只有開始，沒有終結。四個故事都是採取意猶未盡的開放式結局，讓家長、老師、同學……可以繼續思考，延伸討論。讀者將他人的故事進行思考、猜想、作出自己的判斷，正正是品德情意教育中重要的內化過程。開放式的結局是引子，思考和討論的過程才是最珍貴的。

成長大踏步 ④

教爺爺學行路

作　　者：何巧嬋
插　　圖：ruru lo cheung
責任編輯：葉楚溶
美術設計：李成宇
出　　版：新雅文化事業有限公司
香港英皇道 499 號北角工業大廈 18 樓
電話：(852) 2138 7998
傳真：(852) 2597 4003
網址：http://www.sunya.com.hk
電郵：marketing@sunya.com.hk
發　　行：香港聯合書刊物流有限公司
香港新界大埔汀麗路 36 號中華商務印刷大廈 3 字樓
電話：(852) 2150 2100
傳真：(852) 2407 3062
電郵：info@suplogistics.com.hk
印　　刷：中華商務彩色印刷有限公司
香港新界大埔汀麗路 36 號
版　　次：二〇一八年五月初版
版權所有・不准翻印

ISBN: 978-962-08-7025-5
© 2018 Sun Ya Publications (HK) Ltd.
18/F, North Point Industrial Building, 499 King's Road, Hong Kong
Published and printed in Hong Kong